Katja Reider

Kleine LESETIGER
Ponygeschichten

Illustriert von Ines Rarisch

ISBN 3-7855-4152-X – 3. Auflage 2003
© 2002 Loewe Verlag GmbH, Bindlach
Umschlagillustration: Ines Rarisch
Reihengestaltung: Angelika Stubner
Redaktion: Rebecca Schmalz
Herstellung: Heike Piotrowsky
Gesamtherstellung: L.E.G.O. S.P.A., Vicenza
Printed in Italy

www.loewe-verlag.de

Inhalt

Maries Trick

Heute sind Carlotta und Marie
auf dem Ponyhof angekommen.

Carlotta war schon oft hier.
Aber für Marie ist alles neu.
Ob die Ponys sie mögen werden?

Schon rennt Carlotta an Marie vorbei
auf die Koppel.

„Sternchen, Flocki, Tara", ruft sie.
„Kennt ihr mich noch?"

Tatsächlich:
Die drei Ponys wiehern freudig!

Sie lassen sich von Carlotta
die Nüstern streicheln
und die dichten Mähnen kraulen.
Carlotta lächelt stolz.

Marie steht allein am Gatter.
Keiner beachtet sie. Carlotta nicht.
Und die Ponys auch nicht.

So hat sich Marie
die Ferien auf dem Ponyhof
nicht vorgestellt!

Aber dann hat Marie eine Idee!

Nach dem Abendbrot
schleicht sie heimlich
hinaus zu den Ställen ...

Am nächsten Morgen
traben Sternchen, Flocki und Tara
an Carlotta vorbei ...

... und drängen sich um Marie.
„Na, das ging aber schnell",
staunt Carlotta.

Auch die Reitlehrerin wundert sich.
„Verrätst du mir deinen Trick?",
fragt sie.

Aber Marie zuckt nur mit den Achseln
und versteckt rasch ihr Gesicht
in Taras Mähne.

Am Nachmittag ziehen Wolken auf.
Carlotta fröstelt. Sie ruft Marie zu:
„Ich hole unsere Jacken von oben."

Marie nickt.
Aber dann erschrickt sie.
Schnell rennt sie hinter Carlotta her.

Zu spät!
Carlotta hat die vielen Zuckerstücke
in Maries Jacke schon entdeckt.

„Mensch, Marie, wir dürfen den Ponys
doch keinen Zucker geben!",
sagt sie vorwurfsvoll.

Marie schluckt.

„Ich wollte doch nur, dass mich
Sternchen, Flocki und Tara gern haben.
So wie dich!"

„Das kommt von ganz allein –
auch ohne Zucker", sagt Carlotta.
„Du musst ein bisschen Geduld haben."

Marie nickt.
Und dann gehen sie
zurück zu den Ponys.
Arm in Arm.

Ein Fohlen für Feline

Kurz nach Mitternacht
wird Feline geweckt.
„Es ist so weit", flüstert Mama.

Sofort ist Feline hellwach.
So lange hat sie darauf gewartet!

Schnell läuft sie mit Mama
hinüber zu den Ställen.

Papa spricht noch mit dem Tierarzt.
Beide lächeln.

Also ist alles gut gegangen!

Auf Zehenspitzen schleicht Feline
in die Box.

Da steht Ronja,
ihre liebste Ponystute,
und leckt ihr Neugeborenes.

„Es ist ein kleiner Hengst",
sagt Papa leise.

Wie verletzlich das Fohlen aussieht
mit seinem flaumig-weichen Fell!

Ronja stupst ihren Sohn zärtlich an.
Sie will ihn ermuntern aufzustehen.

Tatsächlich:
Jetzt richtet er sich auf.

Seine Beine zittern.
Aber er sucht das Euter seiner Mutter –
und trinkt.

Feline weiß, dass sie diesen Moment
nie vergessen wird.
In hundert Jahren nicht!

„Wie soll Ronjas Sohn eigentlich
heißen?", fragt sie leise.

Mama und Papa lächeln:
„Was hältst du von ‚Felix'?"
Da strahlt Feline übers ganze Gesicht. 25

Die Neue auf dem Ponyhof

Nina stößt ihren Freund Kai an:
„Schau mal, die Neue:
Reithose, Jacke, Stiefel ...
alles vom Feinsten!"

Kai nickt.

„Die passt hier gar nicht rein."

„Hoffentlich macht die Angeberin
unseren Ausritt nicht mit",
flüstert Nina – und erstarrt.

Das darf doch nicht wahr sein:
Die Neue sattelt ja *ihren* Pepe!

„Das ist mein Pony!", giftet Nina.
Aber die Neue scheint sie nicht zu
hören. Sie schaut stur an ihr vorbei.

Da ruft Caro, die Reitlehrerin:
„Nina, nimmst du bitte Bambi?
Sophie reitet heute Pepe."

Nina schäumt.
Grinst die Neue etwa?
Na warte, die kann was erleben ...
Nina flüstert Kai etwas zu.

Wenig später sitzen alle auf.
Es geht los.

„Lass uns an der alten Scheune
vorbeireiten, Caro!", bittet Nina.
„Dort ist es so schön!"
Nina und Kai zwinkern sich zu.

„Na gut, dann biegen wir da vorne
links ab", sagt Caro.

„Verflixt, seit wann ist die Scheune
denn rot gestrichen?",
ruft Caro aufgeregt.
Aber keiner antwortet.

Denn Pepe wiehert laut, steigt auf
und wirft die Neue aus dem Sattel.

Sofort springt Caro vom Pferd
und eilt zu Sophie.
„Bist du verletzt?", fragt sie besorgt.

Die Neue stöhnt leise,
aber sie steht tapfer auf.
„Alles in Ordnung. Wir können weiter."

Nina und Kai schauen sich
erschrocken an:
Das hätte schlimm ausgehen können!

Langsam reiten sie
zurück zum Ponyhof.

Als die Ponys versorgt sind,
holt Nina tief Luft und sagt zu Sophie:
„Pepe reagiert immer so auf Rot.
Und ich ..." Sie stockt.

„Du wusstest, dass die Scheune
jetzt rot ist?", fragt Sophie.

Nina schaut zu Boden.
„Es tut mir so Leid!", flüstert sie.
„Das war total bescheuert von mir."

Die Neue nickt. „Stimmt!
Aber ich war auch nicht nett zu dir.
Weißt du, es ist alles so schwierig,
wenn man keinen kennt."

Nina lächelt ihr zu.
„Jetzt kennst du ja mich."
Sie streckt Sophie die Hand hin ...

... und die Neue schlägt ein!

Ein glücklicher Gewinner

Heute wird auf dem Ponyhof Paulsen
ein großes Fest gefeiert.

Alle sind froh und aufgeregt.
Nur Jannis striegelt traurig
seine kleine Schecke Flo.

„Was ist denn mit dir los?",
fragt Lea, die Pferdepflegerin.

Jannis schluckt.
„Ich bin heute zum letzten Mal hier.
Mama sagt, die Reitstunden
sind zu teuer für uns."

Oje! Lea möchte Jannis gerne helfen.
Aber wie?

Lea geht zu dem alten Herrn Paulsen.
Und der hat eine Idee!

Nach den Vorführungen der Reiter
beginnt die große Tombola.

„Komm, Jannis, zieh auch ein Los!",
ruft Lea fröhlich.

„Ich habe ja doch nie Glück",
seufzt Jannis.
„Dann ziehe ich für dich",
lacht Lea und greift auch schon zu.

Gespannt öffnet Jannis sein Los.
Seine Augen werden riesengroß.

Und dann fällt er Lea
mit einem Jubelschrei um den Hals.

„Zehn Reitstunden, Lea!
Ich habe zehn Reitstunden gewonnen!!!"

„Das war nett von Ihnen",
sagt Lea später. Herr Paulsen lächelt:
„Für einen Pferdejungen wie Jannis
finden wir immer eine Lösung."

Und wo steckt Jannis nun?
Natürlich bei seiner Ponystute Flo!

Katja Reider, geboren 1960 in Goslar, arbeitete nach dem Germanistik/ Publizistik-Studium als Pressesprecherin des Wettbewerbs *Jugend forscht* – bis sie 1994 kurz vor der Geburt ihres ersten Kindes zu schreiben begann.

In rascher Folge entstanden zahlreiche Kinder- und Jugendbücher, die in viele Sprachen übersetzt wurden. Katja Reider lebt mit ihrem Mann und ihren beiden Kindern als freie Autorin in Hamburg.

Ines Rarisch, Jahrgang 1964, hat in Düsseldorf Grafik-Design studiert. Seit 1999 ist sie als freiberufliche Illustratorin tätig und hat bereits zahlreiche Kinderbücher illustriert.

Erster Leseerfolg